Juguemos a hacer

*Este libro está dedicado a los más pequeños,
a su capacidad para "transformarse": mi
compromiso diario es ayudarlos a conservar
este poder durante el mayor tiempo posible.*

SWAMI PRAGYA CHAKSU SARASWATI

CONTENIDOS

Idea y textos de
LORENA V. PAJALUNGA

Ilustraciones de
ANNA LÁNG

Juguemos a hacer YOGA

En 1968, Swami Satyananda escribió el libro *El yoga en la educación.*

Satyananda fue mi maestro de yoga en la India, donde hace ya más de 30 años me encomendó una tarea que entonces me pareció alejada de mis intereses, gustos y aficiones.

Sin embargo, mi propia experiencia me ayudó a conocer el poder educativo y multicultural que podía tener el yoga en su sentido más clásico. A partir de ese momento dediqué mi vida a buscar puntos de confluencia entre Oriente y Occidente a través de esta tradición pedagógica que en apariencia es tan ajena a la nuestra.

El trato diario con los niños y niñas me ha permitido observar que lo que ellos captan gracias a la práctica forma parte de un lenguaje ancestral, cuyas raíces se encuentran en un plano simbólico en el que las palabras son superfluas.

Cuando le pides a un niño que sea fuerte como un león o que sienta la energía de un águila, el niño proyecta al instante esa energía y se convierte en ese animal sin esfuerzo. En los adultos, en cambio, esto exige un proceso de mentalización y raciocinio que puede compararse con lo que experimentan los niños.

Este libro está dedicado a los más pequeños, a su infinita capacidad de "ser". Mi compromiso diario es ayudarles a conservar esta capacidad tanto tiempo como sea posible.

Dedico el libro, pues, a todos los niños y niñas del mundo, sin distinción, con la esperanza de que puedan interiorizar lo que aquí se propone. También expreso mi agradecimiento a los adultos que son, o eso espero, cada día más conscientes de que, para jugar y ser feliz, un niño solo necesita el amor de sus padres y que el tiempo que pase con ellos sea "de calidad".

Cuando hablamos de yoga clásico, lo primero que nos viene a la mente es el yoga propuesto por Patanjali, cuyo viaje comienza con los YAMAS y NIYAMAS, que constituyen códigos éticos universales, multiculturales y multirreligiosos.

Sus principios más maravillosos son los que conducen a la no violencia, al respeto por

uno mismo y por los demás, al arte de la alegría, de la no dependencia; en esencia, al estudio de uno mismo.

La asimilación consciente de los principios y valores de estos códigos nos preparan para enfrentarnos a las *asanas* (posturas), que debemos mantener sin esfuerzo durante largos periodos de tiempo. Poco a poco sentiremos que la inmovilidad física se transforma en una inmovilidad simultánea de la mente. Y entonces estaremos preparados para abordar la respiración, las prácticas de concentración, el control de los sentidos y la meditación.

Se trata de un proceso, de una metodología. En este contexto, y a diferencia de los adultos, *Juguemos a hacer Yoga* establece reglas y objetivos de un valor educativo excepcional. A veces los adultos cometen el error de interpretar las posturas tradicionales como una búsqueda de movimiento que podría parecer una finalidad en sí misma.

Por otro lado, los adultos que deseen practicar yoga con sus hijos deben tener en cuenta que para los niños se trata de un juego y debe seguir siéndolo: las asanas, las posturas inmóviles, no deben mantenerse durante mucho tiempo. Hacerlo resulta incluso desaconsejable y, además, es difícil que los niños se estén quietos demasiado tiempo.

Respetemos, pues, los prodigiosos cuerpos de los niños, inmersos en un desarrollo y una transformación constantes, y juguemos a hacer yoga, a inventar historias con unos cuantos animales y sus divertidas posturas. De esa manera podremos asimilar estos conocimientos ancestrales. Contaremos también con la ayuda de estudios destinados específicamente a la pedagogía moderna.

Los juegos espontáneos estimulan la adaptación y el crecimiento emocional, pues los niños ponen todos sus sentimientos en estas historias de fantasía. Los personajes que descubren se convierten, así, en personajes reales movidos por la valentía o la rabia, y entrar en contacto con sus emociones como si fuera parte del juego hace posible que se familiaricen con ellas y las asimilen mejor en la vida real.

Sin duda, con el paso del tiempo y una práctica que favorezca la CREATIVIDAD y la IMAGINACIÓN, la inmovilidad surgirá espontáneamente.

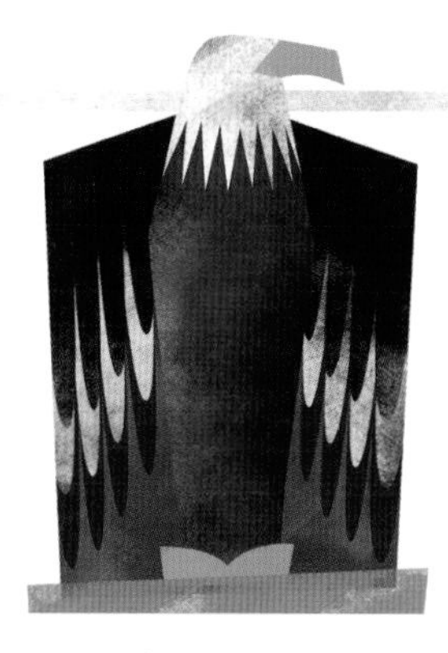

EL ÁGUILA

❀ PONTE DE PIE, MIRA AL FRENTE Y DESPLAZA
TODO EL PESO DE TU CUERPO SOBRE EL PIE IZQUIERDO.

❀ CRUZA LA PIERNA DERECHA POR DETRÁS DE LA IZQUIERDA HASTA QUE EL PIE DERECHO QUEDE ENCAJADO EN EL GEMELO.

❀ EXTIENDE EL BRAZO DERECHO Y CRUZA POR DEBAJO EL IZQUIERDO DE MANERA QUE LAS MANOS SE ENCUENTREN PARA FORMAR EL PICO DE UNA MAJESTUOSA ÁGUILA.

❀ REPITE LA POSTURA CAMBIANDO DE PIERNA.

Del águila aprende a ver las cosas con agudeza

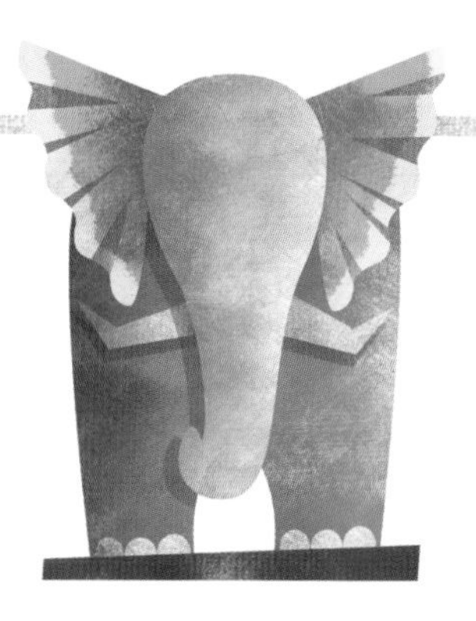

EL ELEFANTE

❀ PONTE DE PIE, INSPIRA Y LEVANTA LOS BRAZOS.
❀ JUNTA LAS PALMAS DE LAS MANOS
Y ESTIRA LOS BRAZOS HACIA ATRÁS.
❀ EXPULSA EL AIRE E INCLÍNATE HACIA DELANTE,
COMO LA TROMPA DE UN ELEFANTE QUE BEBE AGUA ANTES DE
DARSE UNA DUCHA BIEN FRESQUITA.

LA GAVIOTA

- PONTE DE PIE CON LAS PIERNAS SEPARADAS, ABRE LOS BRAZOS, SACA PECHO E INCLÍNATE HACIA DELANTE.
- IMAGINA QUE TUS BRAZOS SE CONVIERTEN EN ALAS Y MIRA AL FRENTE CON LA CABEZA LEVANTADA, COMO SI VOLARAS EN ESA DIRECCIÓN.
- HAZ UNA RESPIRACIÓN LARGA Y PROFUNDA.
- INTENTA IMITAR EL SONIDO DE LA GAVIOTA. ¿CÓMO ES?

EL DELFÍN

❀ PON LAS MANOS Y LAS RODILLAS EN EL CENTRO DE LA ESTERILLA.
LUEGO APOYA LOS ANTEBRAZOS EN EL SUELO.
❀ MIENTRAS DEJAS SALIR EL AIRE, ESTIRA LAS PIERNAS
Y APOYA LAS PLANTAS DE LOS PIES EN EL SUELO.
❀ EN LA POSTURA DEL DELFÍN, LA CABEZA
Y EL CUELLO PERMANECEN BIEN RELAJADOS.

Del delfín aprende a divertirte con cualquier cosa

LA TORTUGA

❀ SIÉNTATE EN EL SUELO CON LAS PIERNAS SEPARADAS.
DEJA SALIR EL AIRE, INCLINA EL PECHO HACIA EL SUELO Y PASA
LOS BRAZOS POR DEBAJO DE LAS PIERNAS.
❀ TOCA EL SUELO CON LA FRENTE
Y PON LOS CODOS BAJO LAS RODILLAS.
❀ TE SENTIRÁS A SALVO, COMO UNA TORTUGA
DENTRO DE SU CAPARAZÓN.

De la tortuga aprende que la paciencia es de sabios

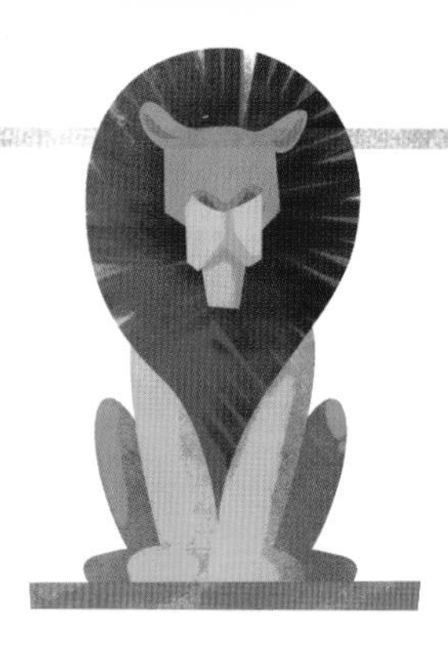

EL LEÓN

❀ SIÉNTATE SOBRE LOS TALONES, PON LAS MANOS EN LAS RODILLAS Y CIERRA LOS OJOS. RESPIRA PROFUNDAMENTE Y ELEVA UN POCO LOS HOMBROS, MANTENIENDO LOS BRAZOS TENSOS.

❀ CUANDO EXPULSES EL AIRE, DEBES SENTIRTE COMO UN LEÓN FURIOSO. ABRE LOS OJOS Y LA BOCA DE PAR EN PAR, SACA LA LENGUA TODO LO QUE PUEDAS Y RUGE FEROZMENTE.

❀ ABRE LOS DEDOS COMO SI FUERAN LAS GARRAS DEL LEÓN Y ACÉRCALOS A LAS RODILLAS MIENTRAS LLEVAS EL PECHO HACIA ADELANTE.

❀ DESPUÉS DE RUGIR, INCLINAS Y REGRESA A LA POSTURA INICIAL CON LOS OJOS CERRADOS.

❀ ¡RUGE TRES VECES!

Del león aprende a hacer las cosas con valentía

EL GATO

❀ PON LAS MANOS Y LAS RODILLAS EN EL SUELO.

❀ TOMA AIRE Y ARQUEA LA ESPALDA HACIA ABAJO: ESTA POSTURA SE PARECE UN POCO A UNA SONRISA.

❀ EXPULSA EL AIRE Y ARQUEA LA ESPALDA HACIA ARRIBA: HAS DE PODER MIRARTE AL OMBLIGO.

❀ REPITE ESTA POSTURA VARIAS VECES, COMO CUANDO EL GATO SE ESTIRA.

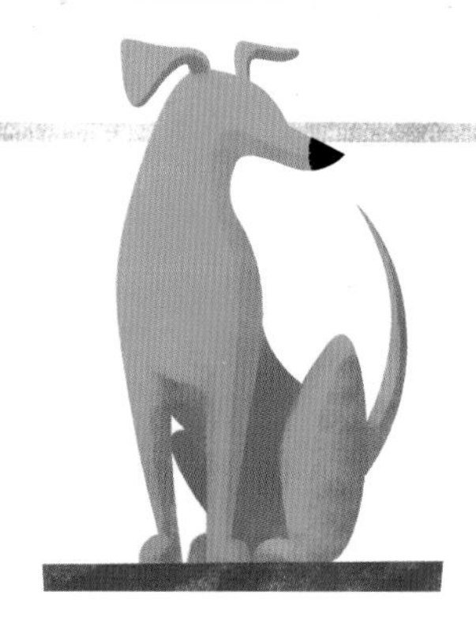

EL PERRO

❀ PON LAS MANOS Y LAS RODILLAS EN EL SUELO Y MIRA HACIA ABAJO.

❀ EXPULSA EL AIRE DESCARGANDO EL PESO DEL CUERPO SOBRE LOS BRAZOS Y ESTIRA LAS PIERNAS.

❀ LEVANTA LA PELVIS.

❀ ESTIRA LA ESPALDA, COMO EL PERRO DESPUÉS DE ECHARSE UNA BUENA SIESTA.

Del perro aprende el significado de la confianza y de la verdadera amistad

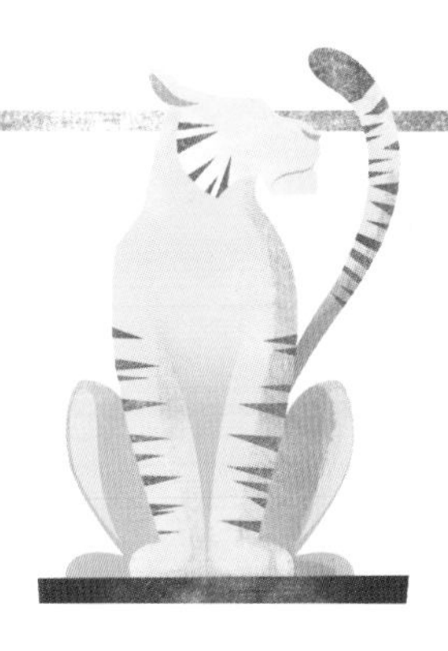

EL TIGRE

❀ ADOPTA LA POSTURA DEL GATO:
SACA EL AIRE Y ARQUEA LA ESPALDA HASTA TOCARTE LA FRENTE CON LA RODILLA DERECHA.

❀ INSPIRA Y LLEVA LA PIERNA DERECHA HACIA ATRÁS CON ENERGÍA, MIENTRAS MIRAS HACIA ARRIBA COMO SI OBSERVARAS CON ATENCIÓN EL BOSQUE QUE TE RODEA.

❀ INTENTA RUGIR COMO UN TIGRE.

❀ REPITE LA POSTURA CAMBIANDO DE PIERNA.

EL COCODRILO

❀ TÚMBATE BOCA ABAJO Y SEPARA LOS PIES CON LOS DEDOS MIRANDO HACIA FUERA.

❀ PON UNA MANO ENCIMA DE LA OTRA Y APOYA LA FRENTE SOBRE ELLA.

❀ ESCUCHA TU RESPIRACIÓN SIN MOVERTE.

❀ ESTA POSTURA SE UTILIZA EN YOGA PARA RELAJARSE: NOTAR CÓMO SUBE Y BAJA LA BARRIGA MIENTRAS RESPIRAS ES UNA SENSACIÓN MUY AGRADABLE.

EL YAK

❀ CON LAS MANOS EN LA CADERA, ADELANTA LA PIERNA DERECHA.

❀ DOBLA LA RODILLA.

❀ EXPULSA EL AIRE Y GIRA EL PECHO.

❀ FLEXIONA EL TRONCO Y LLEVA EL HOMBRO IZQUIERDO HASTA LA RODILLA DERECHA.

❀ VUELVE A LA POSTURA INICIAL Y REPITE ESTE MOVIMIENTO CON EL LADO CONTRARIO. ACUMULA TODA LA ENERGÍA QUE PUEDAS.

EL PEZ

❀ TÚMBATE BOCA ARRIBA.

❀ PON LAS MANOS BAJO LOS GLÚTEOS, CON LAS PALMAS HACIA ABAJO.

❀ CON LOS CODOS EN EL SUELO, ARQUEA LA ESPALDA, SEPARÁNDOLA CADA VEZ MÁS DEL SUELO MIENTRAS RESPIRAS.

❀ NOTA CÓMO LA ZONA DEL PECHO SE VA ABRIENDO HASTA QUE TOQUES EL SUELO CON LA PARTE SUPERIOR DE LA CABEZA.

❀ ¿CÓMO VES EL MUNDO BOCA ABAJO?

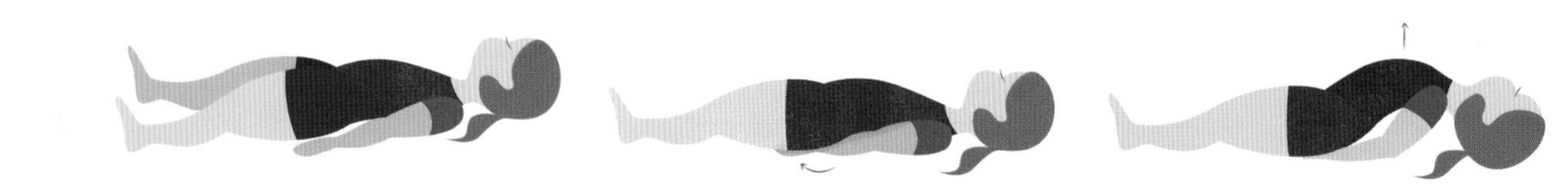

LA LIEBRE

❀ PONTE DE RODILLAS, SIÉNTATE SOBRE LOS TALONES Y, CON LA FRENTE APOYADA EN LA ESTERILLA, CÓGETE LAS MANOS ENTRELAZANDO LOS DEDOS.

❀ SACA EL AIRE Y SEPARA LA PELVIS DE LOS TALONES.

❀ LEVANTA LOS BRAZOS HACIA EL CIELO.

❀ APÓYATE EN EL SUELO CON LA PARTE SUPERIOR DE LA CABEZA.

EL SALTAMONTES

❀ PONTE BOCA ABAJO Y APOYA LA BARBILLA EN EL SUELO.
❀ CIERRA LAS MANOS CON LOS PULGARES HACIA DENTRO.
❀ ESTIRA BIEN LOS BRAZOS BAJO EL CUERPO.
❀ ACTIVA LOS MÚSCULOS DE LA ESPALDA Y,
MIENTRAS EXPULSAS TODO EL AIRE,
LEVANTA LAS PIERNAS TODO LO QUE PUEDAS.

Del saltamontes aprende a guardar fuerzas para las grandes ocasiones

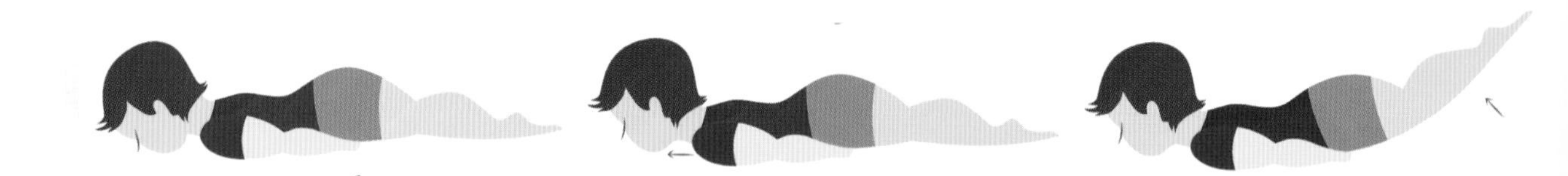

LA COBRA

❀ TÚMBATE BOCA ABAJO.

❀ PON LAS MANOS BAJO LOS HOMBROS
CON LOS DEDOS HACIA DELANTE.

❀ EXPULSA EL AIRE MIENTRAS UTILIZAS LA FUERZA DE LOS BRAZOS
PARA LEVANTAR EL TRONCO, COMO LA COBRA CUANDO
SE ALZA POR ENCIMA DE LAS DEMÁS SERPIENTES.

LA MARIPOSA

- SIÉNTATE EN EL SUELO, JUNTA LAS PLANTAS DE LOS PIES Y EXTIENDE LAS CADERAS.
- AGARRA LOS DEDOS DE LOS PIES CON LAS MANOS Y DEJA QUE LAS PIERNAS REBOTEN.
- CON ESE MOVIMIENTO, ¡TE PARECERÁ QUE ESTÁS A PUNTO DE VOLAR!

Lorena V. Pajalunga

Hace treinta años, el maestro Swami Satyananda, de la escuela de yoga Bihar en Munger (la India), le encomendó a Lorena V. Pajalunga (Swami Pragya Chaksu Saraswati) la tarea de enseñar yoga a los niños y niñas. Con este objetivo, Lorena fundó la Associazione Italiana Yoga per Bambini (AIYB), que se ha convertido en un máster profesional de primera categoría de la Facultad de Ciencias de la Educación de la Universidad Sor Orsola Benincasa de Nápoles. Lorena es licenciada en Ciencias Humanas para la Educación e imparte clases de yoga en el laboratorio GiocaYoga® del Departamento de Pedagogía Corporal de la Universidad de Milán-Bicocca.

Anna Láng

Anna Láng es una ilustradora y diseñadora gráfica nacida en Hungría y residente en Milán. Estudió en la Universidad de Bellas Artes de Budapest, donde se licenció en Diseño Gráfico en 2011. Trabajó durante tres años en una agencia de publicidad mientras colaboraba con el Teatro Nacional de Budapest. En 2013 ganó el premio de la ciudad de Békéscsaba en la Bienal del Diseño Gráfico de Hungría con una serie de carteles sobre Shakespeare. En la actualidad se dedica a su gran pasión: ilustrar libros infantiles.

VV Kids
Vicens Vives Kids

La edición original de este libro ha sido creada y publicada por White Star, s.r.l. Piazzale Luigi Cadorna, 6. 20123 Milan-Italy.
www.whitestar.it

Depósito Legal: B. 11.871-2017
ISBN: 978-84-682-5224-7
N° de Orden V.V.: KS66

Traducción española de Alberto Fuertes Puerta.

Diseño gráfico de Valentina Figus